歌集

あふれよ

道浦母都子

角川書店

あふれよ＊目次

第一章

那覇は雨 11
寒卵 14
胸水 17
上海 20
豪傑笑い 23
ワイングラス 26
梅花藻 30
都はるみ 34
大島 37
軍手 40
うっぷん 44
子消し 48
クレタの文字 51
虚無僧 55

引き揚げ 59
土佐堀川 62
虹 66

第二章

墓仕舞い 75
故事 80
テロ 82
シンビジウム 85
銃口 87
箕面《みのお》 92
ポンポン船 94
白桜忌 100
ロングブーツ 104
鈴なり 107

落としぶた 111
王家の谷 114
マイナンバー 116
サイゴン 121
恩寵 126

第三章

通知 131
人形 133
八ツ手 137
スマホ 140
炎天忌 145
死刑ある国 149
あんぽんたん 152
采の目 155

ペインクリニック　158
鷲掴み　161
キエフ　162
車椅子　165
メトロ　167
半円　173
スペイン風邪　176
紀州行　178

あとがき　184

装画　黒川雅子
装幀　岡田ひと實（フィールドワーク）

歌集　あふれよ

道浦母都子

第一章

那覇は雨

秋驟雨国際通りのアーケード鳴らして流る息づきながら

雨をさけ寄りし店舗で紅の琉球塗りのバレッタを購う

地下鉄も電車もなき那覇　バス停に傘さし佇てば足首涼し

朝一番ホテルのベッドで飲む錠剤　これらが全て雨粒ならば

雨上がり光あふれる那覇の町『琉球独立論』虹のごと立つ

板門店を訪ねたる日の猛吹雪　脱北は人　脱南は風

那覇の雨吸いたる傘を庭に干す寒の陽ざしの深くなる午後

寒卵

みぞれ降る冬の一日さびしさの底抜けるまで傘さし歩む

その傍を通るのみにて訪ねざる姉のマンション木犀のいろ

会うことなき五年の時間メタセコイアはひたすら高く

金銭はひとを剝離すみしみしと音立て薄氷裂けゆくように

ベランダに洗濯物の揺れている安穏見届け帰りてゆかな

寒卵掌にのせみればほのかなるぬくとさありて冬のやすらぎ

冴ゆる夜の防犯灯のうす青さ北の脅威を静かに示す

冬至風呂庭の蜜柑をもぎとりて湯槽に浮かべ一日を封ず

胸水

あかときの電話の声はかのひとの危篤を告ぐる底ごもるこえ

選歌途中の葉書を束ねタクシーで積雪遅延の新幹線に

すぐそこに見ゆる瀬戸内うみに降る雪のしららも風に揉まれて

「そのまま帰れ」のメール届けど駅弁の蒲鉾くわえただに寂しく

西病棟十階一〇八号と記されたメモを受け取り深呼吸する

その妻の不在確かめ病室のカーテンくぐる忍びのごとく

チューブに溜まる君の胸水てらてらと光りて冬日の夕映えのいろ

とぎれとぎれにこぼす言葉を洩らさずに胸に納めぬ最後かもしれぬことば

上海

待ちびとの養女いるからキャリーバッグ曳きずり来たり春の上海

「兄は安らかに逝きました」二日前のショートメールは明るき午後に

近藤芳美夫妻と共に泊りし錦江飯店探しきれずに花束を購う

シャンシャンは仮の養女

初めての日本人だと村人が見物にくるシャンシャンの実家《いえ》

長江は茫洋たる湖《うみ》　近藤大人《うし》を思わせる海　幌子が似合う

日常を逃れたいのにＳＭＳ届きて記事の確認をする

豪傑笑い

ほっとした気持のような雨が降る心に沁み入る雨粒は母

修行する阿闍梨のワラジを濡らす雨　恒星のごと光生むべし

かりん四十周年祝賀会で

小池光、永田和宏、わたくしと同年三人一つの卓に

妻を亡くした男性二人しおれた様子がないのが救い

俳人になりたかったな宇多喜代子の豪傑笑いを聞くたびに思う

黒蝶が眼前を過ぎその影も黒であること確かめて居つ

移植用臓器を運ぶヘリコプター木香バラの花を震わせ西空に消ゆ

ワイングラス

金平糖散らばるように紫陽花の花びらこぼれ梅雨明けの朝

生姜漬け辣韮を漬け固定資産税納めてやっと六月終る

洗いざらしの藍のスカートこの夏も捨てきれず着る夏の日を浴び

一瞬は瞬間　時間遠のき見失い　地震と気付くまでの空白

足長きワイングラスが床の上に壊れてなおも光を放つ

壊れた陶器はただのガラクタ母の好んだ信楽焼も

紫陽花は被災日は倒れ翌朝に花首もたげ膨らみて咲く

なだれ落ちた本の谷間にしゃがみ込み気力無くして本の背を撫づ

恋猫のからくれないの声響み不穏の夜の闇を深くす

この駅に降りてみたいと心動く阪急雲雀丘花屋敷駅

梅花藻

「のぞみ」車中へ届いたメールはあなたの死　浜名湖の水ひかり巻くとき

きらきらと輝き生きて雨季に逝くあなたは豊かな紫陽花のひと

黒の服しか着なかったひとしゃれた喪の服似合ったあなた

ホスピスを三度訪ねて生還の奇跡信じてやまなかったのに

エンバーミングされたるあなたの死出の身を紫陽花模様の着物が包む

エンバーミングされたあなたは生きているよう左の頬にカサブランカを

同い年の友の逝去の重たさよさよさよ黒蝶横切りゆけど

残されし夫の腕の震えやまず心残りはこの夫のこと

ガクアジサイ「江戸の花火」に水をやるあなたの命に伝わるように

醒ケ井に梅花藻見たるは去年の夏黒きパラソル二人で分けて

都はるみ

知らぬ間に生まれて流れ消えてゆく八月六日広島の雲

空に雲　木槿に揚羽　炎天に石　匂いなきものなべて失すべし

ポスト迄差す傘のいろあれこれとたった四分の道のりなのに

一人に怒り一人を許し一日終う雨に濡れたる革靴光る

都はるみは歌手引退し人間を生きて満足真夜のメールに

稚児百合の小柄な姿六年も会えない姉を思い出すなり

大島

芍薬甘草湯朝毎飲みててのひらの生命線が青光りする

ブルーシートのかけられている屋根のうえ正座の父母が動かざるまま

田中一村の手になったかもしれぬ泥色の母の残した大島紬

古代ギリシアの舟のかたちのプルーンを漕いで行きたし詩のなき国に

かぼちゃ切り茄子を煮しめて夕どきの厨じかんはほこほこ楽し

バス停迄の一分間昨日は口笛今日はスキップ明日は日傘で傘回ししよう

なにげなく並べた石くれ十三個夕闇包み夏の終わる日

九十九王子踏破の夢を引き寄せて眠れぬ夜を眠りに辿る

軍手

秋光を浴びて土佐堀川の逆白波昨日の悔しみ静かに運ぶ

天竺までも歩いてみたい御堂筋銀杏並木はひるがえる秋

「バラのソフトクリーム」かそかにバラの匂いしてきらめきながら溶けてゆくなり

高麗《こうらい》青磁の並ぶケースのガラスには居るはずのない亡き母映る

昨日見し高麗青磁の釉薬が夢に流れて髪を浸しぬ

わが家から国旗なくなり無くなりしことすら忘れひたすら日常

軍手は「軍用手袋」の略称と知りつつ刈りぬ名もしらぬ草族

キツネノカミソリの名を教わりし田井安曇兄信州人なりウワバミなりて

花八ツ手乳白色の花掲げ秋と冬とのはざまを渉る

うっぷん

校庭の見える梅林人気なし二月の空は晴れながら冷ゆ

蠟梅の匂いにしんなり濡れている水仙の白山茶花の紅

豆苗の長すぎる足をばっさりと切って一日のうっぷん晴らす

急坂の多き街なり求めたる自転車老いてすさみゆくのみ

母と行き花のこぼれを拾いたる記憶ほろほろ月ヶ瀬梅林

立春の眩き光咲き揃う黄水仙にも天敵あるか

帽子の似合う紳士が前に大阪メトロ十分ばかり少し楽しき

両祖父母知らぬわたしに春日影もつれるように従きまとうなり

母の名は百合子

二十回目の母の忌めぐりカサブランカの花を凍らす青みぞれ降る

雪のないこの冬の日々昭和の雪の記憶は二・二六の雪

子消し

末枯れたる水仙束ね土に盛る冬の終わりのしるべのひとつ

こけしは「子消し」出生率低下のいまもこけしは「子消し」

姦通罪ありし世にして白秋の林檎の一首残され美《は》しき

二十本は母の忌の数《かず》水仙の花びら拭い遺影の前に

紀伊水道春はいまだし群青の空と海とが抱擁をして

沖縄はすでに「ウリズン」長病みの我を励ます「なんくるないさ」

春から梅雨入りまでの時季

クレタの文字

天高し　今日より九月灼熱は遠浅の海曳くごとく去る

やわらかな褥草に包まれ逝きたるかディープインパクト天恵の馬

眼鏡三人スマホ八人ひるでんしゃ眠気防止の車内天覧

呉竹湯の煙突見える車窓には貴方の下駄の足音聞こゆ

「ホワイト」の意味わからずに高麗の青磁の壷をなでている夜

もろこしを齧りながらの詠草は遙かなる世のクレタの文字に

シャインマスカットの淡き緑の粒毎に会いたきひとがひんやりと棲む

わらわらと花咲くように傘、傘、傘、香港デモはそこまでいい

高校の卒業アルバムわたくしはどこにもいない HIKIKOMORIKKO

令和第一号と称されて二名の死刑執行八月二日

虚無僧

親不知抜きたる後の口中はみちのく遠野に雷鳴るごとし

鎮痛剤切れたる朝のアールグレイ美しき名に包まれほっと

秋明菊風に巻かれて素直なり令和の夕陽ふところに抱き

ソックスにしがみついてるいのこずち古墳の森のみどりごのごと

男性もリップクリーム使うのか隣のひとのくちびる光る

じゅくじゅくの無花果好みし亡き義兄　いちじく捥げばやわらかき風

ヒトツバタゴが雪降るように咲く対馬　橋川文三生まれたる島

鈴虫寺の鈴虫五千匹の鳴き声は地上に銀漢湧き出すごとし

虚無僧になり尺八吹いて行脚する夢はしずかに動きはじめぬ

引き揚げ

Ｊアラート鳴る錯覚に目を覚ますさわさわ揺れるはカーテンの裾

脱北兵撃たれて倒れる映像を葱きざみつつぞんざいに見つ

板門店に震えていた風　背伸びしてみた漢江《ハンガン》の北　かつて両親住んでいたくに

白菜を舟のかたちに切り揃え「朝鮮漬け」を漬けていた冬

「引き揚げ」の言葉もすでに死語となり引き揚げ者の父母ニッポンに死す

右肩に雲をかけたる富士山を〈のぞみ〉より見て冬うらうらと

領土なきクルドの民のエレジーを聞き終え銀貨を路上に置きぬ

土佐堀川

今日立冬　されど夏日で短パンではみ出すように郵便局まで

ケイタイに記されている姉の名に触れることなし鳴ることもなし

花八ツ手なまなました手を空に挙げ風の重さをはかるかのよう

大川のほとりに一艘カキ舟がよさよさ揺れて魚影のごとし

晶子のうたを書写に通いし中之島図書館明治のレンガ雨に膨らむ

土佐堀川に雨粒落ちて川の水高麗青磁の緑釉のいろ

エレベーターの中でハグしてくれた年下の君あれは憐れみそれともグッバイ

出張より疲れ戻りて塀越しの花びら薄き芙蓉が眩し

軍手して雑草刈りする秋真昼にわか農婦に晴れわたる空

花野風　さやかに吹いてた能勢《のせ》の地のコスモス畑いつのまにか消ゆ

虹

水仙を切る花ばさみ青光り亡き母自慢の「堺の小鉄」

母の忌を伝えるメール姉に打つ返信無しはわかっているが

夕庭に千両、万両、南天と赤き灯ともり漁火のごと

ヒマワリの種をばらまき鳥を待つくちなし公園冬日きらきら

二十分待っても鳥は来ずキャッチボールの親子がふたり

妻への挽歌記した便り届きたり生まれて初めて短歌をつづり

妻亡くし短歌はじめるこの人の男のかなしみそっとしとこう

ホームには潮の匂う風が寄る単線紀勢線紀伊田辺駅

餅投げの丸き白もち宙に浮き春を漂う花びらのよう

紀伊水道遥かに見えて沖合の青の静けさ屏風のごとし

動かざる沖のタンカー光帯び「象徴」という言葉思わす

新元号すでに決まっているだろう第一声は誰なのだろうか

独り暮らしで二十日を臥せば孤独死の大原麗子の末期迫り来

大成　和平　信和　友安　幻の次の元号記しみるどうせ使わぬ言葉なれども

平成最後の夏の炎天　秋の短かさ　厳寒が来て平成終止

第二章

墓仕舞い

たった一人でする墓仕舞い山頂の墓地より見える海の光よ

近在の姉来ぬままの墓仕舞い「千の風になって」の姉の声する

カシミアのマフラー巻きてしなやかに歩いてみたしカシミール高原

カサブランカを探し訪ねた昨夕の花屋の明かり林檎の匂い

戦時下の京城《ソウル》に出会い結ばれし紀州男と薩摩おごじょと

冬物の黒きコートのヘチマ襟　死者へと続くなだらかなみち

ちちははと思いて抱く骨壷はからからと鳴るいのちのかけら

光年の彼方より来て一瞬のひかりを灯し消えゆくわれも

うすくれないのバラ科りんごの五弁花胸に溜まりて春のことぶれ

一円切手百枚買って帰る坂すれ違う紳士前島密《ひそか》

蠟梅は老梅なりて花を嗅ぐ老いの匂いの晴れやかなこと

昨日鍵今日はマフラー失いて笑うしかない空の明るさ

故事

靴を贈ると恋人は去る古の百済の故事を辿りて知りぬ

新キャベツざくざく刻み足止めの春の精気を引き寄せんとす

官職をひとつ解かれて安らぎとうっすらと湧く寂しさのつゆ

血縁のもろさ危うさ七年も会わぬ姉にも雛の明かりを

生きていいのよと夢で言いしは誰なのかベッドカバーはしっとり濡れて

テロ

雛人形にマスクをしたのは誰なのか松屋町《まつちやまち》筋人影まばら

ゆすら梅ひっそり花を揺らせつつ切なき春を迎えんとす

コロナ菌はテロだ　ま昼間の校舎の中から叫ぶ声する

元凶は希少動物穿山甲《せんざんこう》　風評流れ黒光る武漢

今日五度目の手洗いすれば静脈の浮き立つ手の甲息づくごとし

型紙はマスクのかたち友よりの手紙の中に畳まれてあり

濃厚接触禁止されても男らは吸われるように歌舞伎町へと

シンビジウム

コロナウイルス

死者の数一人増すたび前髪がひらりひらりと抜け落ちてゆく

ガス栓を開くかのよう新聞が来て郵便届き縮んだこころにぬくとさ伝う

ミツ・マサ・キヨ・ミネ、啄木のローマ字日記にいまだ棲む女性

いつの日か助けてもらわん美しき杖を見るなり今は触れずに

シンビジウムの鋭き新芽が宙を撃つ希望はあると指さすように

銃口

あらたまの睦月一日新装のエンディングノート座卓に開く

「紀州の海に流して下さい」第一ページ散骨依頼は昨年のまま

午前四時の電話の主は誰なのか十日に一度コール三回

星宿はなべて銃口狙われているのは地球いいえわたくし

雀きて鵯《ひよ》きて黒き猫がくる水飲み場にも自然の序列

広縁にロッキングチェアを移し終え『シニア左翼』なる新書を開く

「シニア左翼」と呼ばれるわれも揺り椅子にくつろぐわれもいずれも私

ファックスが運びくる文字かすれつつ「津島佑子逝去　享年六十八」同い年の死

家中の抽出し開き笑い出す錯覚なれど眠れずにいる

冬の雨さえ匂い立つのかかたわらのひとの右肩ふと触れしとき

議事堂前にてビラ分かち合い撒きて別れてそれ以来なり

次に会う約束は無しサヨナラと旗のごとくに手をあげて居り

箕面《みのお》

黒豆茶のどにぬくとしかじかんだ手のくぼみまで紅に染め

振り子のみ動きて針の進まざる柱時計の不具合愛《いと》し

頼山陽箕面の滝にて詩を吟ず「萬珠濺沫砕秋暉《ばんじゅあわをそそいでしゅうきにくだく》」

落ちながら匂いをかもす滝の水　滝の匂いは遊女の匂い

熱燗の「緑川」呑む昼酒に昔のひとの忌日ぞ今日は

ポンポン船

桜終え白の際立つ河川敷、ユッカにウツギ、モッコウバラが

尻無川木津川安治《あじ》川合流の河口は静かな馬の肌のいろ

この空は有事のそらと仰ぎ見ん剝き出しの青したたるばかり

五月というのに本日夏日《なつび》半袖の腕にじわじわひかりの穂先

特設ステージのハシケの揺れはあのときの余震に似ていてぬらぬら不気味

川筋にポンポン船の姿なく水上スキーがつやめき過《よ》ぎる

独り芝居を演ずる君も見ているわれも互いに独り独り芝居を生きているのだ

大阪は橋多き町日本橋京橋肥後橋淀屋橋浪速の橋は物腰やわら

この先に蕪村生地の碑のありきかつて訪ねし毛馬《けま》の閘門

絶頂の城たのもしき若葉かな　蕪村

あのとき俳句を選んでいたら　今が絶頂たのしかるらん

有事は憂事　夕ぐれ雲を呼び出して詮なきことを考えている

島のごとき空母に添って北上のイージス艦に日の丸が照る

「うつぶせに寝ていれば戦争は過ぎていくのね」尋ねたいけどすでに父亡き

するすると眠りに落ちたるときはいつワインの栓をあけたるままに

「きれいなまま」を願いし母の死に顔が芍薬咲くたびふわんと浮かぶ

白桜忌

駿河屋羊羹「夜の梅」好みし母は晶子びいきで紫が好き

明日語る晶子の資料を読み耽る紫色のショールを膝に

覚応寺に「君死にたまふことなかれ」のコーラス流れ薄紫の時間流れる

子のなきこと少し幸せ　戦場に息子見送ることのなきこと

吸い寄せられまたも来ている池の辺の姉の住居の青きマンション

七年半絶交状態のわが姉妹マンション見つつ立ちさりがたし

ベランダのミニシクラメンが枯れていたそっと見るだけ遠きにして

かなしみはゆるやかに湧く有事より身近な憂事重くたまりて

ポンポン船見ていしころの姉《あね》妹《いもと》いつもしっかり手をつないでた

ロングブーツ

濡れながら秋明菊立ち昼過ぎのラジオニュースは「生前退位」

ロングブーツ取り出し拭うこの靴の行きたき駅にいつの日か行く

死の知らせ届きたるのは水曜日　たった六字のショートメールで

出羽桜から秋鹿へと飲みつぎて手のひらほのか紅葉をせり

ああとただ声出してみぬ「おはよう」と目覚めて隣に誰もいぬから

起立せず国歌うたわず千秋楽見終えて薄暮の坂を下りぬ

新年のカレンダー届きクルクルとまるめて未知のじかんを覗く

鈴なり

読み初めの新刊歌集冒頭で「若月」という未知の語に会う

やりたいことはもう全てした胸元まで昇る言葉を呑み込み戻す

行きたきは与那国島ぞいまもまだ風葬守る最西端の島

火葬なき島ゆえこの地で逝きたきと思いたりしは十五年前

「どなん」という焼酎ありてこの島に渡るは難の由来であると

台湾まで一一一キロの与那国島は「台湾有事」の国境の島

ながきながき夕映えの中ヨナグニ蚕《サン》群れなし昇れ島の防人

ヨナグニサンは大きな蛾

蟬しぐれあまりに激し前を行くひとの声さえ草色にして

花の老い　朽ちたるカンナの残り花せめて散華と呼んであげよう

落としぶた

紀伊水道　見晴らす岬の灯台にこころ萎れて春の日来たり

あのときも登り海見てなまなまと涙こぼしぬ雑賀崎《さいかざき》灯台

片《かた》男《お》波《なみ》のなみの連らなる砂浜に梵字のごとき靴跡のあり

湯に落とせばパッと萌え木の色と化し若布は青春取り戻すなり

「上皇」もしくは「おりいのみかど」開きたる歴史辞典に花びら流れ

落としぶたコトコト鳴りて遅春の蕗やわらかにほどけゆくなり

王家の谷

女性宮家の誕生よろし牡丹花のくれないきらら光りてやまず

和泉宮家　清少宮家　紫宮家　簾を揺らす平成の風

雨の日のドクダミの花のほの白さ貫く見えて仏のかたち

最後までいつも残し置き最後には落としてしまう点字の投稿

地下街を降《くだ》りていくと霧の夜は王家の谷に続く気がする

マイナンバー

冬の虹　万博公園またがりて世界制覇をしたかのように

ひとはひと自分は自分と幾度も言いきかせてもはみ出すこころ

りんりんと空気の締まる冬の夜を八ツ手は柔きてのひら広ぐ

根深ネギ白から青へと切り進む真っ白だった少女期だっけ

いたずらに消しゴム転がすときのまも隣国のデモ勢いを増す

多死時代やがて来るはずさくらさくらと口遊みつつ

雪ヒョウの太き長き尾人間は尾っぽ失くして戦さを好む

家はわが最終駅なり戻りても立っているまま傘さしたまま

編み棒が交叉するかに梅の枝そらに手描きのデッサンをする

梅の木に認識票があるなんてマイナンバーなどもっての外ぞ

十二桁の数字で呼ばれる日もあらん私消えれば数字も消える

最終ゲラを眺め終りて自らのうたの限界知りてしんなり

本当は少し恐いのベトナムに送る絵本と玩具集めて

二週間後われはベトナム　枯葉剤撒かれた土地におののきて行く

サイゴン

ここはホーチミンかつてはサイゴンかつて戦場

死者の血がいまだ残るかメコン河　膠《にかわ》の色にねっとり流る

拘禁拷問十七年を生きのびし八十一歳の背に合掌す

生き延びしいのちが洩らす低き声　読経のごとく耳に清冽

女性の告白わが経験にかぶさりて髪が震えて足が硬直

枯葉剤が壊したいのち　ホルマリン漬けの胎児の並ぶ部屋に夏陽が

ホルマリン漬けの異形の胎児　羊水に浮かんでいた日のやわらかきじかん

ぬいぐるみ、絵本、風船、持参の玩具　胎児が見ている冬のまなざし

スコールが髪を濡らして過ぎてゆくミス・サイゴンの後ろ手のごと

焼身自殺の僧の亡きがらいずくにか旧サイゴンの街衢見下ろす

アオザイの深きスリット　この国の今のやわらぎ輝くばかり

秋明菊の白き花びら秋を生みわが六十代残り半日

古稀となりても何も変らず新涼のブッドレアの穂ひかりに濡れる

免許証返還に来たる警察署　騎馬警官に会えるかどうか

恩寵

亡きひとの著作集並ぶ書庫に来てただ佇みぬ思い出すため

来年で死後十年となるという墓参もせずに今日迄来たり

北一輝追いての君の生涯を仰ぎ見つつも深くは知らず

犬吠埼先端宿のパンフレット著作の中に挟まれてあり

幾度も燃やさんとしてそのままの手紙の束を撫でてやるなり

右肩上がりの万年筆の青き文字　生《なま》原稿も手紙も同じ

「全存在」の一首を残してくれたひと恨みもあれど恩寵もあり

第二章

通知

あかときに精神の花開き今日一日のしるべを示す

盲導犬の寿命の短さ点字での投稿葉書の一首にて知る

ワクチン接種の通知来て緑の封書を「未来」にはさむ

雨あがり石けんのような雲流れマスクのひとを空より眺む

そういえば御用聞きさん来なくなりビルがぼこぼこ建ちし頃から

人形

ホームまで魚の匂いが満ちている紀州加《か》太《だ》駅秋光の中

線路沿いに群れて咲き立つ曼珠沙華無頼の花の湧き出すごとし

すぐそこに淡島《あわしま》神社あんなにも小さかったか記憶ゆらめく

風呂敷に木目込み人形十体を包みて来しは三十年前

あの日の母は藍大島の一張羅背筋のばして襟をずらして

「日にちぐすり」の優しき響き痛めた膝を撫でつつ歩む

積みあげられた雛人形に市松《いちま》さん潮の匂いに濡れてくすんで

桃の節句に雛人形は集められ死出の船出をする習わしぞ

人形《ひとがた》は旧石器時代から　貢物は女たち　それゆえ人形生れしという

八ツ手

信号をまっすぐ行くと姉の住む六角屋根のマンションがある

七年半会うこともなし次の出会いは姉か私が逝きたるときか

ハグしたい南京黄櫨の寸胴の幹は男の胸を思わすゆえに

姉妹とは八ツ手の花の生白い奇妙なかたちに似ていて苦手

亡き父は小説となり映画となりテレビドラマになりたり候

夢に見る父は見知らぬ女人と連れ添いて海草橋を渡りて行けり

一冊の日記のような歌集にて振り回されたるわれの一生

肩書に「歌人」と記したことは無しブランキストと書きたきものを

スマホ

詩心は生まれぬままに戻り来ぬバス停横の寒緋桜に

風の冷たき急坂下りて出会うのは梅に似ている花桃のはな

さびしいさびしいさびしいときの指あそびスマホを押してそして消すこと

マスク忘れ形成外科の受付で無言で出される一枚の白

仰向きて口一文字で横たわる渡辺京二享年九十二

乗り遅れしバスの尾灯の点滅がふつふつふつと笑うかのよう

「延命拒否」して逝きたるひとの命日は晩秋なりて今日八回目

菠薐草湯掻く朝餉に春光が指に届きて生きてるわたし

回覧板抱えて二丁目八番地ご近所といえ住む人知らず

首から落ちる椿は庭に植えるなかれ没落士族の母の言葉よ

没落士族の母のプライドぽたぽたと落ちて草生の青に沈みぬ

「死にたい」という人ほど死にたくない嘘つくときに人はまばたく

炎天忌

炎天は雲を呑みこみ夕凪のようなる空を流していたり

萼紫陽花「江戸の花火」が枯れて伏すさようならと言わんばかりに

パラソルは今日も漆黒　この国のひたすら続く炎熱を吸う

同年の友の死、一月、四月、七月と続けば歩く淀川べりを

曼珠沙華空一杯に咲きさかるような炎天、今日で十日目

幸徳秋水（本名傳次郎）下がり口ひげ似合いし美男

一九四七年解除されたる大逆罪ふさふさふさと風にもまれる

秋水は主義者　彰晃は何だったのか　黄のおみなえし答えてくれず

百年経って十二名が十三名に増えた処刑者　曼珠沙華が並列に咲く

「お母さん」と最期に叫んだひとはないだろうあなたたちは戦死者ではない

死刑ある国

雨しとど額あじさいの花揺るるこのニッポンに死刑あること

若き日に読みたる団藤重光著『死刑廃止論』いまだ書棚に

二〇二三年六月十五日ニッポンに一〇三名の死刑囚生存す

できることはすべし「死刑囚の権利を守る会」にカンパを送る

たまさかに死刑囚坂口弘が夢に来て自ら作りし短歌を諳ず

坂口弘いまだ生存獄窓で今も短歌をつくりているも

生涯を死刑廃止に賭けている金子弁護士妻亡き後も

あんぽんたん

戦争よりコロナが増しと老人が天を見上げる通天閣前

マスク忘れおろおろおろしている私にマスク差し出すベレーのひとが

ひとはひとわが生き方を守らんともろこしかじり独りうなずく

口紅はいらなくなりて鏡台の抽き出しに寝てほほえんで居り

アウンサンスーチーの髪に咲く花　拘束の日々の中でも匂いあふれよ

「今の日本はあんぽんたん」詩人田村隆一言えり確かに

采の目

忍ぶ草は虎屋の羊羹くちに含めばなまなましき味

呼び出され叱咤されたる記憶さえ茫茫となり亡き人ゆえに

亡き人の角ばった頰がんきょうな意志の人なり自らが王

手の平に豆腐を置きて切らんとす采の目ってうつくしきまち

左腕のバンソウコウはワクチン接種の受診印アウシュビッツの烙印浮かぶ

美しきハヤブサ思わす内村航平失速落下のその後知らず

ただ一度靖国神社を訪ねたり神道無念流範士八段祖父を確かめ

生きていて良かったといつの日言えるさくらはなびら

ペインクリニック

春はぼうたん秋はおはぎ寝たきりの今年の秋は仏壇はカラ

高野山は天空のまち亡き父は灯籠母は墓石会いたいなあ

ペインクリニックに行くモノレール目線高くてヒトを見下ろす

オムライスの卵の数は二か三か迷うじかんのなりゆきが好き

銀杏林から眺める校庭親元を離れたように子供ら走る

寺院から聞こえる詩吟八十二歳で逝くまで母のご自慢だった

注射四本点滴一時間血液採取次々とからだはじっと耐えているだけ

鷲掴み

人生の三分の二まで過ぎているこれは大へん急がなくては

モノレールから見える梅田の高層ビル群鷲掴みして海に捨てたい

キエフ

雨でなく爆弾の降るキエフかつて泊まりき今は戦争

ジャスミンティーのやわき匂いとコーヒーの濃ゆき匂いの交叉する朝

キエフには詩人シェフチェンコの銅像がゆわゆわ春の光の中に

音楽のように聞こえる朗読は風に巻かれて空に広がる

分厚い日本語訳『シェフチェンコ詩集』抱いて聞けり風のような詩

「領土を」「国を」守る気持の強いひとゼレンスキーの野太き声が
島国日本にそんな思いは湧くことなしボーと見ている戦争画面

車椅子

夏夕べ額紫陽花のアナベルが雨に包まれ首を振ってる

母の最期に間に合えなかったわたくしに小さな蝶がつねにまつわる

介護されるわたしを思う車椅子に小さき足をひょっこり乗せて

うらおもてあるひと苦手フライパーンで裏返してみん

メトロ

眼科行き歯科行き形成外科に行き一日つぶして病院巡り

大阪の地下鉄は「メトロ」と変えて何も変わってへんかいな

ひまわりのスカートをはくひまわりのブラウスを着る小さな抗い

麦秋だ麦秋だ麦秋だウクライナの秋は麦の匂いだ

チェルノブイリ原発で工員たちとランチを食べたあれから体調崩れていった

女人高野室生の塔のなだらかさ仰ぎ見ている深緑の中

体温を測られて居りどこからか「正常」と声の聞こえて易々とパス

追伸は本音言うため便箋を畳みてポストへの急坂登る

生き急ぐこともなきかな正常心正常心なりＨ・Ｔ・Ｌ・Ｖキャリアの我は

ＨＴＬＶ－１は血液の癌

一つ知り二つ忘れて老いてゆく白き霜降る冬の夜さえ

絵画なし植木鉢なしのがらんどう心病む人診察を待つ

自動支払い機に戸惑いながらユニクロでジャージー上下買いて戻りぬ

二百個のギョーザ包んで食べた日よ亡き義兄いて甥二人居て

マスク自由となりて街に出る耳痛むまでマスクを締めて

日本列島黄沙に包まれ大国の手中にすでに落ちたるごとし

半円

被爆後の地球思わす半円をさらして老い増す原爆ドーム

初夏の陽に風通される原爆死没者名簿四九七八名本年新たに増して

三三三九〇七名の被爆者名簿もっと死者いる静かなる夏

広島にたまさか現れたヒマワリはゼレンスキーだ光の器

5Bの鉛筆の芯やわらかく詩心寄せる夕虹を呼ぶ

捨てるべき白きマスクが重なりてヒトツバタゴに見える雨の夜

スペイン風邪

軍服を着たことのない世代背広を纏い前進をする

飛び石をぴょんぴょん跳ぶと駒を指す藤井聡太になりたる気分

自慢の髪が細く少なくなる自然老いと言うべき季節到来

四千万人の命奪いしスペイン風邪百年前ならコロナは息子

紀州行

紀伊水道過ぎて潮の青深しわがうぶすなの海の群青

車窓から見えるヤマボウシの白き花線路に流れる銀漢のごと

紫陽花のあふれる家家見えて過ぐ泉州平野のっとりと夏

駅弁の「六甲山縦走」紙ブタを開いてみると明石の煮ダコ

めらめらと炎《ほむら》立つがにカンナ伸び夏日の太陽射貫くかのよう

戦争をなりわいとするニンゲンが人間としていきているこの世

紀勢線特急「くろしお」振り子電車酔いどめ薬一粒含む

トンネルを潜れば警笛高々と鳴らす運転士は三つ編み女性

茂吉好きはおおかた男性いまだわからぬ茂吉の変が

心までマスクしていた三年間　全速力で来たのは老いだ

かき氷とろけるような海光が車窓から射し　太平洋だ

晴雨兼用傘を開きて駅に立つ「見老津《みろづ》」という字をしげしげと見て

本州最南端串本駅に降り立ちて光の匂いぐいぐいと吸う

靴箱に夏用スニーカー置くときにすっぱく匂う黒潮の香が

今日一度も笑うことなきわたくしを自ら笑い眠らんとする

茶粥とう貧しさゆえの食べ物が名物として誇らしげに出る

旅先の朝食旨し　この調子この調子だと海からの声

あとがき

七年ぶりの歌集である。

常々、歌人は歌集を出しすぎるのでは？　と思っていたが、七年ぶりなら、そんな嘆きを呟くどころではない。

ここ二、三年は「老い」を感じることが多い。感性の低下、集中力の持続が短くなった。これが「老い」なのだろうか、とも思うが、それを打ち消したい私がいる。

同世代の友人が次々と亡くなり、自分も、そういう年代になったのだとも考える。

一つ知り二つ忘れて老いてゆく白き霜降る冬の夜さえ

この一首を見た友人からは「やめなさい。道浦さんらしくない」と、叱責された。

七十代になってからの私にとって、かなり厳しい日々が続いた。両親を見送り、義兄を亡くし、墓仕舞いまでしてしまった私。その私は、全くの独りぼっちになってしまった。

　　ポンポン船見ていしころの姉妹《あねいもと》いつもしっかり手をつないでた

その姉と会えなくなってしまった。ごく近くに暮らしてはいるが、会えない。どうしても会えなくなってしまった。理由は、わからない。

　　チェルノブイリ原発で工員たちとランチを食べたあれから体調崩れていった

チェルノブイリに行ったのは、一九九五年。テレビのドキュメンタリーの案内役として行った。回りの方たちの大反対を振り切って。

あのとき訪ね、数日間、滞在したキーウの街は、美しく、穏やかな風が吹いている街であった。

それが――。

今は、ロシアとの激しい闘いの中である。

又、中東では、パレスチナとイスラエルの戦争が激化している。死者は、すでに三万人を超えていると報道されている。

しかも、日本では、本年元日からの大地震。一万人以上（二月二日現在）の人たちが、避難生活を迫られている。

そんな中で、ベトナムのサイゴン（ホーチミン）に行った日々を思い出す。かつて、アメリカとの戦いで、多大な犠牲を払いながら、現在のホーチミンは、静かで、若者がいきいきとして生活する街に変わっていた。

たましいが兵器を越えしベトナムを神話のごとく思い出すなり　（『水憂』）

かつて、こんな一首をつくっている。

裸足姿のベトナム解放戦線の兵士たちが、大国アメリカに勝利した結果である。

ウクライナとロシア、パレスチナとイスラエル、激しい戦闘の後には、今のホーチミンのような静けさと穏やかさがやってきてほしい。

もちろん、日本も然りである。

激動する世界、いえ、あえて地球といいたい。地球規模の安穏は、やってくるのだろうか。

『あふれよ』のタイトルは、この地球に「愛をあふれよ」のメッセージを込めたつもりだ。『短歌』編集部の大谷燿司さんが、私のうたの中から、取り上げて下さった。ありがとうございます。

また、いつも私の為に、美しい装画を描いて下さる黒川雅子さんに感謝したい。丁寧な校正、校閲に当たって下さった橋本由貴子さんはじめ角川文化振興財団の方々、パソコンが苦手な私を助けて下さった田中槐さんにも御礼申しあげます。

道浦　母都子　記

二〇二四年三月三日
冬晴れの日に

著者略歴

道浦母都子（みちうら　もとこ）

1947年　和歌山県和歌山市生まれ
　　　　中学卒業時に大阪に転居
1965年　大阪府立北野高校卒業
1971年　早稲田大学在学中に「未来短歌会」に入会
　　　　近藤芳美に師事
1981年　第一歌集『無援の抒情』にて、現代歌人協会賞受賞
2006年　和歌山県文化賞受賞
　　　　現在に至る

歌集　あふれよ

2024年6月25日　初版発行

著　者　道浦母都子
発行者　石川一郎
発　行　公益財団法人 角川文化振興財団
〒359-0023 埼玉県所沢市東所沢和田3-31-3
ところざわサクラタウン 角川武蔵野ミュージアム
電話 050-1742-0634
https://www.kadokawa-zaidan.or.jp/
発　売　株式会社 KADOKAWA
〒102-8177 東京都千代田区富士見2-13-3
電話 0570-002-301（ナビダイヤル）
https://www.kadokawa.co.jp/
印刷製本　中央精版印刷株式会社

 ISBN978-4-04-884597-7 C0092